Policarpo y el tío Pablo

© 2003, Enrique Délano
© 2003, Random House Mondadori S.A.
      Monjitas 392, oficina 1101, Santiago de Chile
      Teléfono: 782 8200 / Fax: 782 8210
      E-mail: editorial@randomhouse-mondadori.cl
      www.randomhouse-mondadori.cl

ISBN N° 956 262 201-0
Registro de Propiedad Intelectual N° 137.082

Primera edición: enero de 2004

Ilustraciones de portada e interiores: Antonio Ahumada
Diseño de portada y diagramación: Andrea Cuchacovich
Impresión: Imprenta Salesianos S.A.
Impreso en Chile / Printed in Chile

Poli Délano

Policarpo y el tío Pablo

Historias de una tierna amistad
con Pablo Neruda

Editorial Sudamericana

Índice

Prólogo

En 1936, el año en que nací, mis padres vivían en Madrid y eran muy amigos del poeta Pablo Neruda, quien se desempeñaba como cónsul de Chile en esa ciudad. Durante enero y febrero, el vientre de mi madre creció rápido y ya en algunas noches de tertulia se llegó a hablar de mi persona. ¿Sería niño o niña? ¿Qué nombre me pondrían? Neruda pensaba que yo iba a nacer hombre y propuso que me llamaran Policarpo. Así, en esas tertulias, mis padres y sus amigos de entonces empezaron a referirse a Policarpo.

El 22 de abril aterricé en el mundo y fue preciso inscribirme en el Registro Civil. Mi madre, a última hora, se resistió a que me llamara Policarpo. Era un nombre muy estrafalario, protestó. Y dijo que si me ponían así, cuando fuera grande echaría maldiciones a mis progenitores. Me inscribieron entonces como Enrique Délano Falcón. Pero entre los mismos amigos y en aquellas mismas tertulias, cuando se referían a mí, yo seguía siendo Policarpo. De hecho, toda la vida he sido Poli, así me reconozco y así he firmado todos mis libros.

En la década de 1940, Pablo Neruda y Delia del Carril, su esposa, a quien apodaban Hormiguita, residieron en Ciudad de México, en una enorme y hermosa casa a orillas del campo. Mis padres y yo vivimos ahí con ellos un tiempo largo. Se llamaba Quinta Rosa María y en ella, en esos días lejanos, ocurrieron muchas cosas que hoy forman buena parte de mis recuerdos de infancia. Tejones, culebras, tarántulas, hormigas... Por eso tuve la idea de escribir estas historias sobre las peripecias y aventuras vividas por un niño con su "tío" Pablo. ●

El tejón traicionero

hora que estoy más grande, puedo contar la historia del tejón sin que los recuerdos de esa mañana de diciembre me hagan temblar de rabia.

Cuando tenía ocho años, mis papás y yo vivíamos con el tío Pablo y la tía Delia en la Quinta Rosa María, una casa muy vieja y enorme en Mixcoac, a las afueras de la ciudad. Dicen que mucho antes había pertenecido a un poeta famoso, porque en una de las paredes del comedor había un verso escrito a mano de lado a lado, en letra del tamaño de un vaso: "mi corazón leal se amerita en la sombra". Yo no entendía esas palabras, pero me parecían bonitas. Mi tío Pablo también ha escrito muchos libros de poesía y a lo mejor es debido a eso que hace algunas cosas raras. Un domingo por la mañana en que fuimos a ese mercado persa que llaman Lagunilla, él se compró un canguro embalsamado y una calavera chica, como si hubiera sido de un niño muerto. Y para qué decir la cantidad de caracoles marinos que ha ido juntando, de todos los tamaños y mares de mundo.

En la Quinta Rosa María había un patio enorme que parecía un bosque, bastante desordenado, lleno de malezas y trampas, muy diferente a los jardines de otras casas que yo conocía, aunque, por otro lado, mucho mejor para los juegos y las aventuras: ahí uno podía treparse a los árboles como Tarzán, cazar pájaros y atrapar lagartos.

La alberca estaba siempre seca, muy sucia, llena de hojas y ramas que caían de los nogales, los jacarandaes y los aguacates. Parece que a los grandes no les gusta nadar. Con Sebastián bajábamos por una escalerita hasta el fondo y, como los boy scouts, íbamos explorando el territorio hasta la parte más honda, para buscar alacranes y tarántulas. Sebastián era el hijo mayor de Irene, la cocinera, y sabía perfectamente dónde encontrarlos.

Por allí andaba siempre también, libre como si fuera un gato, ese tejón grandote que le habían regalado a mi tío para su cumpleaños y que a mí me daba la impresión de ser poco amigable. En las tardes, cuando empezaba a oscurecer, le gustaba entrar a la casa y entonces lo podíamos ver echado muy tranquilo sobre la alfombra del comedor, o caminando por el salón como si estuviera impaciente.

—¿Cómo anda, mi Niño? —le decía tía Delia soplándose la palma de la mano para mandarle besitos.

Ella también tenía sus rarezas, aunque no tantas como el tío Pablo. Una mañana llegó a desayunar con un zapato blanco y otro café.

—Pero Delia, ¿se volvió loca? —dijo él, mirándole los pies con los ojos muy abiertos.

—Pablo —contestó la tía—. Busqué en el ropero y sólo encontré dos pares, y el otro es exactamente igual.

Me dio tanta risa, que tuve que salir a la terraza.

—¿Cómo anda, mi Niño? —Y el tejón se dejaba hacer caricias y hasta creo que sonreía.

Yo nunca me acercaba mucho a él, porque cuando el animal recogía el hocico y enseñaba sus colmillos, a mí se me paraban los pelos y me tiritaban las rodillas. Mi mamá, que siempre antes de dormir me leía un cuento de los hermanos Grimm o alguna poesía de ésas que nunca se me van a olvidar, como la que dice: "Si tienes una madre todavía, da gracias al Señor que te ama tanto", una noche, en lugar de eso, me leyó el diccionario, para contestar a una pregunta que yo mismo le había hecho. El diccionario decía que el tejón es un mamífero carnicero de la familia de los no sé qué, que habita en los bosques. Lo de que era "carnicero" llegué a saberlo muy bien. ¿Cómo dejaban que esa fiera anduviese suelta por toda la casa?

A varias de las personas que nos visitaban los fines de semana, el Niño, como le puso mi tío Pablo en un bautizo con invitados y todo, les parecía de lo más simpático y hasta le hacían gracias, o trataban de acercarse a él para tocarlo. Pero yo llegué a tenerle harto miedo, sobre todo desde el día en que estranguló a la tejona que una señora que pintaba cuadros había llevado a la casa, con la amorosa idea de juntarlos para que así pudieran nacer muchos tejoncitos más. Todos mirábamos cómo el Niño se volvía bien loco con su nueva amiga. Jugó a saltar por encima de los muebles, hizo rodar como pelotas los mapamundis que coleccionaba el tío Pablo, y finalmente se dedicó a correr ida y vuelta en el patio igual que un ciclón, arrastrando a la tejona, hasta que terminó asfixiándola con la misma cadena que ella tenía atada al cuello. Era un animal muy peligroso, lo sé de sobra y por experiencia propia.

—Fue accidental —le repitió varias veces mi tío a la pintora, que lo único que hacía era llorar y llorar, derrumbada sobre un sofá. En los ojos del tío también había desesperación.

—¿Fue accidental que el Niño matara a la tejona? —le pregunté por la noche a mi mamá, a la hora del cuento.

—Sí, Policarpo —me respondió—. Los animales no se matan entre ellos. Recordé esa película en la que una leona agarra a un venado por el

cuello y lo arrastra hasta su guarida para comérselo junto con su familia, pero no dije nada.

Pasaron varios meses y la Quinta Rosa María ya no fue más nuestra casa, quién sabe por qué. Mis padres y yo nos cambiamos a un departamento con mucha luz, en una calle ancha con hartas estatuas y árboles muy altos. Estaba sólo a una cuadra de donde empieza el Bosque.

Mis tíos, con tejón y todo, se mudaron cerca de nuestro nuevo hogar, así que nos seguíamos viendo casi todos los días.

Una mañana, mis papás y yo caminamos hasta su departamento para saludarlos. Llegamos con dos regalos: uno de ellos le causó a mi tío esa sonrisa especial de cuando algo le gusta mucho; era una pequeña máquina de metal que en el siglo pasado servía para poner las latitas que llevan en cada punta los cordones de los zapatos; y el otro, un cenicero de cristal en forma de corazón, para la tía Delia. Era la mañana de un 24 de diciembre, a pocas horas de la nochebuena, y yo estaba muy contento por eso y porque, además, en unos cuantos días nos iríamos a Acapulco a pasar el año nuevo y una semana entera de vacaciones.

La tía Delia estaba todavía acostada y yo me deslicé solo a su habitación para desearle feliz Navidad y para ver otra vez los mapas que tapizaban las paredes. Me acerqué a darle un beso, cuando desde abajo salió casi volando el Niño y se agarró con sus filudos colmillos a mi pierna izquierda, detrás de la rodilla, como si quisiera devorarme. Caí al suelo llorando de miedo y gritando a todo pulmón de puro dolor. Sentía como si el corazón se me quisiera escapar.

Primero llegaron mis padres y luego el tío Pablo, con la cara cubierta de espuma de afeitar, todos muy agitados, gritando "¡qué pasa, qué pasa!". Tras un forcejeo nada de fácil, con patadas y todo —algunas en vez de darle al tejón me cayeron a mí—, se logró dominar a la bestia y separarla de mi pierna destrozada y llena de sangre. "¡Ese bruto, ese bruto!", decía mi mamá.

Ahora puedo dar gracias de que me hayan salvado de la fiera, pero el hecho es que esa desafortunada aventura hizo que mi navidad no resultara demasiado feliz, ya que en lugar de pasarla abriendo los regalos junto al arbolito nevado que armé con mi mamá y escuchando "Noche de paz, noche de amor", tuve que internarme en una clínica, donde me pusieron inyecciones, me cosieron las heridas y me vendaron la pierna. Por suerte mis papás se quedaron conmigo hasta que me dormí...

Lo primero que pensé al despertar, por la mañana, fue que ya no habría viaje a Acapulco, donde unos tarzanes se tiran unos increíbles clavados al mar desde un monte como de cuarenta metros. Yo estaba loco por ver esos saltos.

Antes del verano, mis tíos se fueron a vivir a una casa grande de la Zona Rosa. En su departamento ya no les cabían todas las cosas raras que cada domingo compraban en la Lagunilla: cajas de música, instrumentos viejos que no servían para nada, máscaras africanas, botellas con veleros adentro, figuras de marfil, campanas.

En esa nueva casa —me contó mi mamá—, el tejón atacó a la sirvienta, una señorita muy risueña que se llamaba Virginia, y la verdad es que casi la mata: lo encontraron mordiéndole el cuello mientras la sangre le salía a chorros. Mi tío la ayudó a levantarse, la tendió sobre el sofá y le puso una toalla con alcohol en el cuello, como si fuera una bufanda.

—Pobrecita, ya va a pasar —le decía, haciéndole cariños en la cabeza. Después, prefirió llevarla a un hospital.

A mi tío Pablo le caía muy bien esa señorita Virginia, porque decía que era de naturaleza alegre y seguramente, por causa del ataque, se dio cuenta ¡al fin! de que resultaba muy peligroso seguir teniendo en casa a la bestia traicionera. Después de una larga discusión con la tía Delia, decidieron que no quedaba más remedio que regalar su querido tejón al Parque Zoológico de Chapultepec. No sé por qué, pero hasta yo sentí pena en ese momento.

Meses después, un sábado por la mañana, la tía Delia me invitó a que la acompañara a visitar al Niño. Yo al tejón no quería ni verlo, pero cómo le iba a decir que no a mi tía. Caminamos entre todas esas jaulas buscando la nueva casa de su regalón y finalmente la encontramos. El tejón estaba tendido, tenía los ojos cerrados y cara de mucho aburrimiento. Tía Delia lo miró con tristeza a través de la reja. Creo que le vi dos o tres lágrimas.

—Niño —lo llamó varias veces, con la voz temblorosa—, ¿cómo anda, mi Niño?

De pronto el tejón abrió los ojos, alzó la cabeza, bostezó y se la quedó viendo como si de veras la hubiera reconocido. Se levantó, caminó hasta la reja y se paró sujetándose a ella con las patas delanteras, haciendo unos gemiditos entrecortados que daban harta pena.

Yo preferí mirar para otro lado, pensando que si el Niño me reconocía también a mí podría enojarse y, además, ponerse triste al recordar las patadas que recibió aquella mañana del 24 de diciembre. Ya vivir en esa jaula parecía un castigo bastante duro para él. ●

La guerra

n la pared del comedor, mi papá había colgado un cartel con un poema de mi tío Pablo que decía algo así como que "el tiempo y el agua", que "el cielo y la manzana", y nombraba una ciudad que se llama Stalingrado. Yo no entendí casi nada de lo que esas palabras significaban, pero todas las tardes las leía en voz alta y me gustaba escucharlas. Una mañana me paré frente al cartel y me puse a leer de corrido esos versos, imitando la manera de hablar del tío Pablo. Mi mamá se quedó con la boca abierta y llamó a los tíos por teléfono para contarles mi hazaña. La palabra que más entendía era justamente Stalingrado, porque mi papá, todos los sábados por la tarde, me llevaba al cine, y en los noticieros que pasaban antes de la película salía Stalingrado a cada rato, ya que en esa ciudad había guerra. Guerra y también mucha nieve. Era una ciudad rusa que los aviones alemanes bombardearon durante el invierno, y dos niñitas que iban cruzando la calle nevada desaparecieron cuando cayó una bomba justo en medio. Eso salió en una de las películas que me llevó a ver mi papá en el cine Cervantes, frente a ese parque lleno de estatuas. Lloré cuando murieron las dos niñitas, porque una de ellas me gustaba mucho, y la película también me encantó, más todavía que esa de Tarzán que dieron en la misma función, donde una araña muy fea, más grande que una persona, se quería comer a Boy, el hijo de Tarzán y Jane.

A mi tío Pablo le gustó tanto que yo leyera de corrido su poema, que se lo contaba a todos sus amigos, según dijo mi mamá. Primero me mandó una carta escrita con tinta verde, y a los pocos días llegó a nuestro departamento con un regalo para mí. Dos grandes barcos de cartón, con pequeños cañones que disparaban unas balas de madera.

—Para que juegue tu padre, Policarpo —me dijo.

Lo miré con los ojos muy abiertos y los labios apretados, como preguntándole para qué, entonces, me lo llevaba a mí. Me explicó que se

jugaba entre dos, que se necesitaba un enemigo, y como yo no tenía hermanos... La verdad es que casi nunca lo usé. Además, los juegos con guerra me ponían un poco nervioso.

La guerra parece que era muy importante, porque en todas partes se hablaba de ella. "¡Extra, extra!", gritaban los niños que vendían el periódico por las calles. En los noticiarios que veíamos en el cine salían muchos tanques que rodaban por el desierto y parecían elefantes con esos cañones que se movían como trompas; también salían aviones que volaban casi encima de los techos tirando bombas en las ciudades; hombres saltando en unos paracaídas blancos que se abrían en el aire, y muchos muertos tirados en los campos y también en las ciudades, como esas pobres niñitas rusas sobre la nieve. Mis papás, a la hora de comer, comentaban las últimas noticias, hablaban de las batallas, de los que ganaban y los que perdían. Si perdían los alemanes, se ponían contentos. Y a los niños de mi edificio, cuando bajábamos a jugar al Bosque de Chapultepec, les gustaba jugar a la guerra, y siempre nos dividíamos en dos bandos, aunque yo me ponía bastante nervioso. Pero había que jugar. Para las tardes en que la lluvia no nos dejaba salir a la calle, todos teníamos soldaditos de plomo entre nuestros juguetes.

Una noche soñé que yo estaba en una playa, que a lo mejor era Acapulco, porque se parecía mucho, y de repente, hasta la roca en que me había sentado, llegaba Hitler, con sus pantalones bombachos, y me enterraba una aguja en la nuca. Yo no podía ni gritar ni hablar. Desperté sudando a chorros y debo de haber llorado, porque llegó mi mamá un poco asustada. Le conté mi sueño y se puso a reír, lo que me dio mucha rabia. Hitler era un hombre que tenía el bigote grueso y corto, y un mechón en la frente. Después del sueño, puse su nombre en una lista que hice en mi cuaderno de caligrafía, junto con Frankenstein, el vampiro Drácula y el hombre-lobo.

—Fue una pesadilla, Policarpín —dijo mi mamá, haciéndome cariños en la cabeza—. Por suerte Hitler está muy lejos y no va a poder hacerte daño.

Era verdad: esa guerra estaba lejos, porque en el Paseo de la Reforma no caía ninguna bomba, y cuando bajábamos a la calle y mirábamos al cielo, veíamos los volcanes —el Popo y el Izta— y no a paracaidistas saltando de los aviones. Estaba lejos, sí, pero yo sufría pensando que pudiera acercarse.

Casi todos los fines de semana salíamos a pasear a alguna parte con los tíos. A veces, los domingos por la mañana, íbamos al mercado de la Lagunilla, donde vendían cosas muy raras que a mi papá y a mi tío Pablo les encantaban. Una vez hasta discutieron porque los dos querían comprar el mismo timón de barco. Otras veces partíamos el viernes por la tarde y no regresábamos hasta el domingo. Íbamos a unas albercas de aguas hediondas cerca de Cuautla, donde yo me bañaba y nadaba como un pescado con mi salvavidas inflable; e íbamos a mirar las iglesias de un pueblo llamado Cholula, que está en un cerro; y también fuimos hasta Querétaro, porque mi mamá y la tía Delia querían comprar

unas piedras transparentes para mandarse a hacer anillos. Una vez fuimos a las Grutas de Cacahuamilpa y, de regreso, pasamos a comer a Cuernavaca. El restorán estaba en un gran patio techado y tenía arcos en sus paredes blancas, un jardín lleno de esas plantas grandotas de donde salen los plátanos y unas enormes cañas verdes y gruesas a las que llaman bambú, y también muchas flores que lo hacían verse muy alegre. Mis papás, mi tío Pablo y mi tía Delia, y otro señor que también estaba con su esposa, tomaron cerveza y para mí pidieron una limonada. Después le ordenaron al mozo que trajera unos platos de conejo y unas botellas de vino tinto. Un viento suave mecía las ramas de los árboles y se sentía muy rico estar ahí, aunque era aburrido que no hubiera más niños para jugar.

En otra mesa había un grupo de hombres y mujeres de pelo rubio que reían fuerte y hablaban como si estuvieran enfermos de la garganta. Cuando mis papás y mis tíos se pusieron a cantar, parece que a los otros no les gustó, porque empezaron a decir cosas y hacer gestos con las manos. No alcancé a darme bien cuenta de lo que pasó, pero de repente mi papá me tomó de la mano y me empujó debajo de la mesa, diciéndome que no saliera de ahí.

En el cine yo había visto una película de guerra entre indios y vaqueros. Era una guerra sin tanques ni aviones, sino con flechas y rifles. Los jinetes caían de sus caballos como caen las moscas cuando les echan insecticida. También hubo una especie de guerra en el pueblo, dentro de un salón lleno de mesas donde algunos vaqueros jugaban a las cartas y con un largo mesón en que otros, de pie, tomaban licor en unos vasos chicos que me daban risa. Cuando entró desde la calle un hombre que andaba solo, pero con un revólver en cada lado de las piernas, los demás como que se asustaron y se quedaron quietos, esperando que pasara algo. Uno de los que estaban en el mesón, dejó su vaso, se dio vuelta y quedó de frente al que recién había entrado. Le preguntó si acaso buscaba algo y el otro le dijo que sí y luego le dio un puñetazo en

la cara que lo mandó lejos, encima de unas mesas que se rompieron. Las botellas rodaban por el suelo, unas mujeres con vestidos largos se arrinconaban entre las cortinas. Ya todos estaban peleando contra todos y era difícil entender por qué. Los cuerpos volaban de un lado a otro, las lámparas caían del techo y parecía una verdadera guerra todo eso que pasaba ahí.

Algo parecido vi en el restorán de Cuernavaca desde mi escondite. Los de nuestra mesa les contestaron algo a los de la otra y ésos volvieron a contestar. La tía Delia gritó: "¡Son unos alemanes nazistas!", y los hombres se levantaron y comenzaron a pelear igual que en la película, con silletazos, trompadas que sonaban, vasos que se rompían. Mi mamá y mi tía Delia también peleaban con las señoras de la otra mesa y repartían cachetadas, gritando "¡Nazistas asquerosos!". El señor llamado Gonzalo trataba de no meterse mucho, pero mi papá y el tío Pablo parecían vaqueros de película. La pelea terminó cuando uno de los alemanes le dio a mi tío un golpe con algo que tiene que haber sido muy duro, porque le partió la cabeza y entonces tuvimos que irnos a buscar una enfermería. Los alemanes desaparecieron. A mi tío le corría la sangre por la cara y tenía toda la camisa teñida de rojo. Era impresionante y yo no sabía ni qué decir. Pensé que también hasta acá había llegado la guerra, y que a mis amigos de la cuadra podría contarles que me había tocado verla de cerca. ●

Una araña regalona

stábamos pasando las vacaciones en una casa muy grande, con jardines de colores, árboles de troncos gruesos y muy altos, y muchos pájaros, no sólo de los que volaban libres en el cielo o de arbusto en arbusto, sino de esos que por gusto se quedaban a vivir con la familia: dos loros inmensos que no eran verdes como casi todos los loros, sino rojos con azul, amarillo y morado, a los que les decían guacamayas. Al final del jardín había una pared de piedra, bajita, donde uno se podía sentar, y desde allí, mirando loma abajo, se veía cómo el camino estrecho y pedregoso llegaba hasta el pueblo de San Miguel de Allende y se metía por las callecitas, entre las casas, y lo más alto era la torre donde estaban las campanas de la iglesia, que tocaban su música en las tardes. Se veía muy bonito y daban ganas de largarse para allá. Era el mes de julio, porque ya habían terminado las clases y yo llevaba dos libros que mi mamá me regaló cuando cumplí nueve años. Eran los *Cuentos de hadas chinos* y otro sin dibujos, *Los chicos de la calle Paul*. Pero ese verano leí poco, porque a mi tío Pablo se le metió en la cabeza eso de andar buscando bichos debajo de las piedras y los troncos tumbados, y también porque mi papá me regaló una red para cazar mariposas.

Mis padres y la tía Delia casi todos los días dormían hasta tarde, porque en las noches se quedaban jugando a las cartas con los dueños de casa. Mi tío Pablo pasaba las mañanas sentado en el patio escribiendo en unas hojas blancas que iba arrancando de un block. Escribía con la misma tinta verde claro que usó en una carta que me mandó cuando supo que me había dado por leer un poema suyo, en la que me decía que muy pronto yo sería dueño de la luz. Yo a veces iba hasta su mesa para mostrarle algún insecto recién cazado, dentro de uno de los frascos de vidrio que llevaba en mis expediciones. "Es un vinagrillo", me decía, o

"Parece alacrán, pero le faltan la cola y el aguijón. Además, sólo tiene seis patas".

Un día, el señor dueño de la casa, al que yo le decía tío Fernando, aunque no era mi tío, dijo que iba a preparar unas carnes en un hoyo que se cava en la tierra y se llama "barbacoa". Al mediodía estábamos todos en el patio cuando de pronto este tío Fernando, que había ido a buscar unas tenazas grandes, volvió muy sonriente, agitando la mano con una ramita verde.

—¡Qué inmenso! —dijo muy contento mi tío Pablo, levantándose de su silla.

Entonces me fijé en que la ramita se movía y me acerqué al tío Fernando.

—¡Qué bárbaro, es un monstruo! —dijo mi papá—. ¡Nunca había visto un palote tan enorme!

Nos alborotamos todos alrededor del tío Fernando y yo casi no podía creer lo que estaba viendo: una ramita gruesa a la que le crecían ramitas más finas, todas moviéndose, y con dos grandes ojos redondos.

—¿Pica? —pregunté.

—Dicen que pica y que hasta puede matar a un caballo con el veneno. Pero la verdad es que no pica. Se alimenta de hojitas y no necesita matar a nadie.

—¿Por qué no lo echamos con Renata? —dijo mí tía Lupe, la esposa del tío Fernando.

—¿Con Renata? —pregunté yo, pensando que habían castigado a alguna niña y la querían martirizar.

—Es una tarantulota así de grande que cacé la otra tarde —dijo la tía, recogiendo los dedos de la mano como una araña.

—¿Y se llama Renata?

—Bueno, cuando uno tiene un animal en casa, hay que ponerle nombre, ¿no te parece, Policarpo? —me revolvió el cabello con su mano-tarántula. Y sentí un escalofrío.

—Sí —dijo el tío Fernando—, echémoslos juntos, a ver qué pasa.

La tía caminó hasta la casa y al ratito llegó con una caja cuadrada, como un cubo de madera, que colocó sobre la mesa donde íbamos a comer. Fue abriéndola de a poco y metiendo una mano que luego sacó sujetando a Renata. Era horrible y pataleaba, enorme y peluda.

—Échalo —dijo la tía.

El tío metió la mano en la caja y soltó al palote. Luego, ella echó a la tarántula y cerró la tapa. En ese mismo momento mi tío Pablo me miró con una sonrisa, alzando las cejas, como preguntándome si me acordaba de alguna cosa.

—Algo tendrá que pasar ahí dentro —dijo mi papá—. Le apuesto al palote.

—Yo le apuesto a la araña —dijo mi mamá.

Y se hicieron varias apuestas. ¿Ganaba el palote? ¿Se lo comía la tarántula?

Estoy seguro de que lo que me había preguntado el tío Pablo con su mirada era si acaso me acordaba de la mujer-araña que vimos el verano anterior en la feria de diversiones de un pueblito que no recuerdo cómo se llama, pero que está a orillas de un río muy ancho y muy hondo que se mete en el mar cuando va llegando a Veracruz. ¿Acordarme, tío Pablo? Nunca nada me ha impresionado tanto. Y pensando en la tarántula de la tía, mientras los grandes hacían sus apuestas, se me vino todo eso a la memoria, como una película.

En la feria había carruseles, magos que se sacaban como veinte pañuelos de seda de la boca, títeres que peleaban a gritos y se daban cachetadas, rifles para derribar unos patitos de metal que iban pasando en hilera. Y en una carpa especial, iluminada con dos faroles, se veía un cartel grande y de colores, con la cara de una mujer muy triste, que decía: "Pase usted a conocer la historia de la mujer-araña".

Mi tío Pablo me tomó de la mano, pagó los boletos y entramos. Dentro de la carpa no se veía nada, pero se escuchaban susurros. De pronto, hacia abajo, como en un hoyo, se encendió una luz y apareció la misma cara del cartel, mirando hacia donde estábamos nosotros como si necesitara ayuda. Se encendió otra luz más fuerte y casi salgo corriendo. La mujer no era una mujer, sino una gigantesca araña con cabeza de mujer y unas enormes patas que se movían. Estaba dentro de un cajón ahí abajo, en ese hoyo, llena de tarántulas vivas, amarillas y anaranjadas, que vibraban como las burbujas del agua cuando hierve. El tío Pablo debe de haber sentido que yo temblaba, porque me apretó la mano, mientras yo me preguntaba cuántas arañas habría ahí y cómo podía existir una mujer-tarántula. Ella misma nos contó su historia.

De niña, yo vivía en una ciudad pequeña y luminosa que se parecía mucho al Paraíso —dijo—. Una ciudad llena de flores y lagunas con aguas claras de distintos colores, donde habitaban los hermosos cisnes de cuello negro y las aves más hermosas. En esa comarca no se conocía el mal, no existía la palabra pecado.

La mujer-araña hablaba como atragantándose, casi como si estuviera llorando.

Sin embargo —siguió—, una fuerza desconocida que se me introdujo en el alma durante el sueño, me hizo tomar el camino equivocado. Empecé a mentir en casa y a provocar a mis padres pequeños sufrimientos tan sólo para divertirme, a robar por gusto a mis hermanos, a mis vecinos. Y así fui creciendo, como una niña muy distinta de todas las otras de ese pequeño reino... Llegó la hora en que tenía que casarme. Eulogio sería un idiota, pero casarse era la ley de la costumbre. Me puse a pensar con todas mis fuerzas en algo que pudiera dejar a Eulogio en ridículo, que lo humillara, que lo hiciera polvo y lo convirtiera en mi esclavo para siempre. Pero en esos mismos momentos se apareció en mi habitación la imagen de un ser flotante y luminoso que me lanzó una mirada severa mientras me decía: "Te portas mal, te portas mal, muchacha. Pero a Eulogio no le harás nada, porque yo soy su ángel guardián y estoy aquí para protegerlo. Si te atreves a hacerle daño, recibirás un duro castigo que has de cargar por el resto de tu vida". Y desapareció. ¿Qué podía hacer yo? ¿Cómo causarle a Eulogio un daño definitivo? No se me ocurrieron grandes cosas y confieso que las palabras del ángel guardián llegaron a preocuparme. Entonces decidí que la mayor humillación para Eulogio sería que yo no me presentara a la boda. Y como con eso no le estaba haciendo nada a nadie, no tenía por qué sufrir ese duro castigo. A la hora en que debía acudir a la iglesia, vestida con mi blanco traje de novia, me fui caminando por el bosque hacia la laguna de agua esmeralda. Feliz marchaba yo, imaginando las escenas que pronto tendrían lugar al interior de la iglesia. Respiré hondo, el mundo era mío, en él yo reinaba; por mí las abejas alegres zumbaban y las golondrinas movían sus alas. De pronto me di cuenta con horror de que no iba caminando sobre mis dos piernas, sino sobre estas ocho patas horribles.

Y la mujer lloraba, gemía, le caían las lágrimas, ya no le salía la voz.

—¡Qué historia!, ¿verdad? —dijo mi tío Pablo cuando salimos de la carpa. Yo quise preguntarle si él creía que fuera verdad, pero, igual que a

la mujer-araña, no me salieron las palabras. Durante varias noches se me hizo difícil dormir, porque ese rostro tan triste de la mujer-araña me daba mucho miedo, pero también me partía el alma. ¿Cómo podía pensar el tío Pablo que se me iba a olvidar?

Las carnitas que preparó el tío Fernando en la barbacoa estuvieron sabrosas, y mientras los grandes se hacían sus tacos y tomaban cerveza muy contentos, yo seguía buscando bichos debajo de las piedras y cuando encontraba alguno que no conocía, lo echaba en un frasquito. Cada cierto rato, me deslizaba como a escondidas dentro de la casa y me escurría hasta la mesa donde se encontraba la caja con la tarántula y el palote. No me atrevía a entreabrirla, pero acercaba la oreja como para escuchar algo...

Cuando ya se estaba haciendo tarde, se oía el canto de los grillos y las dos sirvientas empezaban a retirar los platos de la mesa, la tía Lupe se levantó y dijo:

—Creo que es hora de ver quién ganó la apuesta.

La seguí al interior de la casa y regresé junto a ella. Ni por nada me habría perdido ese momento. Ella colocó la caja en el centro de la mesa.

—Señoras y señores, respetable públicooo —dijo como cuando en el circo un tipo anuncia el número que viene—, vivimos momentos de gran emoción. Ahora sabremos si esta batalla la ha ganado el portentoso palote que hoy cazó mi esposo Fernando, o Renata, la tarántula regalona. Todos estábamos de pie con la vista clavada en la caja. La tía la fue abriendo de a poco... Renata se paseaba nerviosa entre las paredes, y del portentoso palote quedaba apenas un pedacito de pata, como una pobre ramita que la tarántula pasó por alto.

Algunos ganaron la apuesta y otros la perdieron. Pero estoy casi seguro de que la tía Lupe sabía muy bien lo que iba a pasar, porque si no, ¿ustedes creen que habría arriesgado a su araña regalona? Yo no. ●

Tarzanes de Acapulco

Un año entero ha pasado desde la mañana en que el tejón del tío Pablo se engolosinó con mi pierna y casi me deja cojo, hasta que por fin se cumplió mi sueño de pasar una navidad en las playas de Acapulco.

Viajamos casi todo un día y al auto de mis tíos se le descompuso el motor en un lugar parecido a esos desiertos que uno ve en las películas de vaqueros. Yo miraba en todas direcciones por si me encontraba al Llanero Solitario o a Roy Rogers en su caballo Trigger. Eso pasó muy cerca de una ciudad bastante fea que se llama Chilpancingo, a la que tuvimos que meternos para buscar un taller mecánico. En el camino parece que atropellamos una culebra más o menos gruesa que iba cruzando la carretera, porque el auto dio primero un saltito adelante y luego uno atrás. Al menos, fue lo que dijo Gabriel, el chofer del tío Pablo: que habíamos pisado un viborón.

Pero lo bueno es que, de cualquier forma, por la noche ya estábamos instalándonos en el hotel La Quebrada de Acapulco, que es desde donde se tiran al mar esos famosos "tarzanes" clavadistas de los que tanto

habla siempre el Pirra, mi amigo del colegio. Y lo mejor de todo era que la noche siguiente sería navidad.

Yo estaba tan cansado, que cuando mi mamá dijo que mejor me acostara de una vez y que ella me subiría un sándwich con una taza de leche a la habitación, ni siquiera protesté. Hasta me quedé dormido antes de que llegara la "cena", pensando en el mar, las playas, esos saltos de los "tarzanes" que íbamos a ver, según dijeron mi papá y el tío Pablo. Yo también quería aprender a tirarme clavados, pero sólo desde el primer trampolín de la alberca, como el Pirra, aunque una vez mi amigo en lugar de caer de cabeza, cayó de panza y dice que le ardió su piel la noche entera. Mi problema era que todavía no sabía nadar.

Tuve un sueño bonito. Mi papá estaba pescando desde una roca, mi mamá y la tía Delia primero comían de esos algodones dulces y después buscaban conchitas, caracoles y estrellas de mar en la arena de una playa larga. El tío Pablo se paseaba con su traje de baño a rayas rojas y azules y nos decía a todos que viéramos lo que iba a hacer. Pero antes de que lo hiciera, la caña de mi papá se dobló igual que el arco que me trajeron de Nueva York, y él empezó a darle vueltas al carrete.

—¡Traigo algo, traigo algo! —gritaba con mucho entusiasmo, hasta que de esa agua tan tranquila salió un tiburoncito de dos cabezas prendido a uno de los anzuelos, coleteando mucho, y también un pequeño pulpo de brazos muy largos, enredado en la línea—. ¡Miren lo que pesqué! —gritaba a todo pulmón—, ¡un tiburón bicéfalo y un pulpo manilargo!

Qué raro, justamente unos días antes en el colegio me habían enseñado que bicéfalo quiere decir de dos cabezas, y un niñita me llamó "manilargo" cuando le tiré las trenzas durante el recreo. Parece que en los sueños puede pasar cualquier cosa, ¿verdad? Eso de ver a mi tío Pablo en traje de baño... Él nunca se ha metido al agua, ni siquiera en las albercas. Fue muy chistoso.

Después de desayunar bajamos a una playa, tal como en el sueño. Mi papá se dedicó a pescar desde una roca, también igual. Claro que el

tío Pablo no se puso el traje de baño. Nunca se lo ponía, aunque en el escritorio de su departamento, donde se instala a escribir, hay una foto en la que se ve joven y bastante más delgado, debajo de una palma de cocos y en un traje de baño con parte de arriba, como los que usan las mujeres. Se recogió los pantalones y caminó descalzo, con su pipa en la boca, hacia un montículo de arena. Tía Delia y mi mamá recogían conchitas, como en el sueño. Cuando yo estaba a punto de meterme al agua, mi mamá corrió hasta la orilla con el salvavidas inflable. Me lo puse.

Tres cosas pasaron esa mañana que son como para recordar. La primera es que mi papá pescó. No un tiburón bicéfalo, claro, ni tampoco un pulpo manilargo, pero sacó un pez azul brillante que daba reflejos, muy bonito.

La segunda es que cuando el tío Pablo iba llegando a ese montículo, empezó a gritar:

—¡Hay que agarrarla, agárrala, Policarpo! ¡La podemos comer al horno!

De la arena salía corriendo una iguana rojiza, más o menos del mismo tamaño de las que comemos algunos domingos en el Salto de San Antón, cerca de Cuernavaca.

La tercera, y por supuesto la más importante de todas, es que aprendí a nadar.

Con mi salvavidas puesto alrededor de la cintura, jugaba en unas olitas bien suaves y cuando no venía ninguna ola grande, me alejaba un poco hacia lo hondo, igual que los valientes. Después de jugar un rato nadé a la orilla y, casi al llegar, me di cuenta de que a mi salvavidas se le había escapado todo el aire y que yo seguía nadando, como si nada. La segunda vez que me bañé, les dije a mis papás y a los tíos que miraran, y les mostré cómo nadaba en las olas.

Por la noche se celebraba navidad y yo tenía muchas ganas de ver mis regalos, pero mi mamá me mandó a dormir temprano, diciendo que el

sol, la sal marina y el calor tropical me tenían muy agotado. Era verdad y le hice caso. Me dijo que al despertar encontraría los regalos al pie de la cama. Empecé a hacer esfuerzos por no dormir y a preguntarme qué regalos serían, pero no duré ni dos minutos hasta que se me cerraron los ojos.

Al despertar, me froté los ojos para que se abrieran bien y cupieran en ellos todos mis regalos. Vi los paquetes sobre la cómoda, salté de la cama y empecé a quitarles los papeles de color. Un par de sandalias. No se vale, pensé, yo quiero juguetes. ¡Sí, ahora sí! Una ametralladora que dispara llamitas... ¡No dije yo!: dos camisetas playeras, una azul con rayas blancas y otra roja con rayas amarillas. Pero... ¡Bravo! Ahora sí, una caja de soldaditos de plomo, algunos a caballo. ¡Uf! Tres pares de calcetines. Y el último paquete, chiquito y blando, qué será. Rajé el papel y encontré unos lentes de goma muy feos, parecidos a esos que se ponen los aviadores en algunas películas. En una tarjeta escrita con tinta verde se ve el dibujo de un ancla y dice: "para que aprendas a ver debajo del agua. Tu tío Pablo". ¡Las cosas de mi tío!

Lo que yo aún no sabía es que esa misma mañana íbamos a ir a una playa que está a más de una hora, donde dijeron que el agua era tan

quieta como en una tarjeta postal, de un azul claro transparente, y la arena muy fina, casi blanca.

—El agua aquí es tan pura y tranquila —dijo mi tío Pablo cuando ya estábamos instalados en sillas playeras a la sombra de una palapa—, que se puede ver claramente toda la fauna.

¿Toda la qué?, pensé imaginándome una especie de monstruo submarino.

—¿Y cómo es la fauna? —le pregunté.

—Los animales del mar —dijo—. Fauna marina: peces, pulpos, almejas, caracoles... los hipocampos y los narvales...

¡Los hipocampos y los narvales! ¡Las cosas de mi tío!

—Enrique —llamó a mi papá—, podríamos ordenar unos platos de almeja viva, ¿no te parece?

A mi papá le pareció muy bien.

—¿Qué son los hipocampos y los narvales? —pregunté.

—Me gusta que seas curioso, Policarpo. Los hipocampos son esos preciosos caballitos de mar que nadan parados y enroscan la cola hacia adentro. Narval es el inmenso y temible unicornio marino.

¡No digo yo!

—Para que admires esa fauna y conozcas la flora te regalé los lentes. Póntelos ¡y al agua, patos!

—¿La Flora? ¿Será la Flora Mendoza, de mi colegio?

—Fauna son los animales; flora, los vegetales, las algas.

Traté de memorizarlo. Mi tío Pablo sabe mucho de esas cosas y hasta debe haber escrito algunos poemas sobre la flora y la fauna.

Me puse los lentes, el salvavidas —aunque ya sabía nadar—, respiré hondo, y ¡al agua, patos!

Fue como entrar a otro mundo cuando metí la cabeza dentro del agua y me encontré con peces azules como el que pescó mi papá, amarillos con rayas negras y formas raras, unos que se inflaban como los globos y esos caballitos de mar tan parados. Yo estiraba la mano pero nunca

podía alcanzarlos. Quizás los lentes tenían aumento y la fauna estaba más lejos de lo que parecía.

—Me gustó mucho tu regalo —le dije después a mi tío Pablo.

Por la tarde, cuando empezaba a oscurecer, nos instalamos todos en una mesa del hotel con vista a la quebrada, desde donde varios de esos "tarzanes" se iban a lanzar de cabeza al mar.

Yo sólo había visto ese tipo de clavados en el Salto de San Antón, pero nunca desde tan alto. Allá los tipos se tiran y luego la gente les da dinero. Yo era el único que me iba caminando hasta la cascada para verlos caer de cabeza en un ojo de agua, como una gran alberca redonda. Mis papás y mis tíos preferían sentarse en el restorán y tomar agua de cocos con granadina y no sé qué licor, antes de ordenar los platos de iguana.

Pero ahora, en Acapulco, era distinto. La tierra se dividía y en el medio estaba la Quebrada y, muy abajo, como a cuarenta metros, el mar, unas olas bravas.

El "tarzán" llegó a su sitio y las personas que ocupaban mesas en el salón comedor callaron automáticamente. Desde abajo alguien dio la señal y el tipo saltó primero hacia arriba, abriendo los brazos como las alas de un avión, se volteó en el aire y cayó de cabeza al agua. Al rato apareció nadando y trepó por el roquerío hasta los prados del hotel, donde recibió muchos aplausos y bastantes billetes.

—Papá —dije—, yo quiero ser clavadista cuando grande.

—Es un gran oficio —dijo el tío Pablo, mirando a mi mamá muy risueño—. Tienes que empezar a prepararte ahora.

Mi mamá no lo miró con tanta risa. Movía la cabeza como diciendo "¡las cosas de este Pablo!".

—Mañana empiezo —dije yo. ●

Caviar para la tía Hormiga

Yo estaba haciendo la tarea de matemáticas y mi papá escuchaba su programa favorito de tangos, cuando sonó el teléfono. Contestó mi mamá. Como siempre, paré la oreja y me di cuenta de que se trataba de tía Delia, es decir, la conversación iba para largo. Debido a que las multiplicaciones no me eran tan difíciles como la división, a ratos me desconcentraba y logré escuchar algunas frases como "me da un poco de miedo que se ponga mañoso y haga las cosas más difíciles para ustedes" (el de las mañas, de seguro era yo) o como "el domingo sin falta, porque no me gusta que falte a clases" y "bueno, hablaré con él y más tarde te llamo".

—¿Te gustaría ir por unos días a Oaxaca con tus tíos Pablo y Hormiguita? —me preguntó mamá, asomándose a la puerta. A mi tía Delia le decían también Hormiguita.

—¿A Oaxaca? —dije abriendo mucho los ojos. Un compañero de mi curso había estado en esa ciudad durante las vacaciones y dijo que había ruinas muy antiguas cerca de ahí, y también un árbol con el tronco tan gordo que se necesitaban cuarenta personas estirando los brazos para rodearlo, y que en la plaza del centro todas las tardes tocaban marimba.

—¡Sí! —grité, muy contento—. ¡Sí, mamá, quiero ir, quiero ir! —Aunque no hubiera otros niños, yo me divertía bastante con las rarezas del tío Pablo. Ya he contado las historias del tejón, la mujer-araña y todo eso, así que no me daba miedo ni lata ir solo con ellos.

Y entonces en la mañana del jueves (no hubo clases por eso de la Semana Santa), partimos en el automóvil del tío Pablo, que manejaba Gabriel, el chofer simpático que en otro viaje atropelló a un culebrón. Como a las tres de la tarde pasamos por un pueblo del que nunca puedo recordar su nombre, en el que hay una laguna de la que sacan unos

pescaditos que se venden en cucuruchos, como si fueran palomitas de maíz o papas fritas, secos y crujientes.

—Aquí es donde cocinan el mono, ¿verdad, Gabriel?

—Sí, don Pablo, ¿quiere que nos detengamos? Son muy sabrosos los changuitos.

Mi tío Pablo era bastante raro para sus gustos, y entre esas rarezas también estaban las comidas. Como él tiene amigos en todas partes del mundo, ellos le mandan carne de oso, huevos de no sé qué pescado, culebras chinas, insectos japoneses. Como para no creerlo. A veces, los domingos vamos a pasar el día a Cuernavaca y en un restorán cerca del Salto de San Antón, comemos iguana. "Para lamerse los bigotes", dice el tío. A mi papá también le gusta, pero mi mamá y la tía Delia piden pollo, carne, cualquier otra cosa. Antes del plato, mi papá y el tío toman cerveza o agua de coco y comen unos huevos muy chicos de un pájaro que se llama codorniz, con cebolla picada y salsa picante.

También un tiempo antes, un domingo en que paseábamos por el mercado, lo vi comerse unos gusanos que freían ahí mismo en una sartén, los gusanos de maguey, y me dio un poco de asco, pero no mucho.

En una ocasión, mis papás y yo, junto con otros amigos, fuimos a dejar a mi tío a Tepoztlán, a la casa de una pintora donde quería pasar unos días escribiendo un largo poema. (Ustedes ya saben que mi tío es muy famoso por sus poemas.) Se iba a quedar ahí como una semana para "poder trabajar tranquilo", así decía. La dueña de casa, que tenía como cinco perritos pequineses, nos sirvió agua de jamaica y a mí me preguntó si quería darme un baño en la alberca. Después de tomar un poco de sol, secarme y vestirme, nos despedimos del tío Pablo y él salió a dejarnos al station-wagon en que viajábamos.

—¿Se van a regresar de inmediato a México? —preguntó.

—No —dijo mi papá—. Vamos a ir primero a una hacienda cerca de Cuernavaca, famosa por el cabrito a las brasas.

Mi tío se quedó muy pensativo.

—¿Cabrito a las brasas? —preguntó con la voz apagada. Y después de unos minutos, mientras nos acomodábamos, dijo—. Esperen un poco, voy a buscar mi maletín.

Y en vez de quedarse a escribir ese poema, partió con nosotros a la Hacienda de Cocoyoc. Estoy seguro de que no lo hizo por conocer el lugar, sino por el cabrito a las brasas.

Pero eso de andar parándose en unas casuchas de madera que servían comida, para averiguar si cocinaban mono, me pareció bastante deprimente. ¿Cómo íbamos a comer mono? Por muy rico que pudiera ser, me parecía igual que comerse a una persona. Por suerte nos fue mal. O sea, nos fue bien. En ninguno de los cuatro restoranes de ese pueblito tenían mono. El mono se debía encargar con dos o tres días de anticipación, primero porque había que cazarlo y, segundo, porque la preparación era larga. El tío puso cara de pena.

—¿Lo encargamos para el regreso, don Pablo? —dijo Gabriel.

—No, Gabriel. Si lo hubieran tenido preparado, me habría gustado probarlo. Pero mandar a cazar a un mono es otra cosa. Es casi como mandar a matar a un niño.

—¡Bien, tío Pablo!

Cuando partimos desde ese pueblo hacia Oaxaca, Gabriel le dio vueltas a la perilla del radio hasta que encontró una canción que le gustaba.

—La Bandida —dijo.

—¿La bandida, cuál bandida? —preguntó alarmada mi tía Hormiga.

—Graciela Olmos, la que compuso esta canción, le dicen la Bandida —explicó Gabriel.

—Qué bonita letra —dijo mi tío Pablo.

La canción decía que en la estación de Irapuato cantaban los horizontes y algo más sobre una tal brigada Bracamontes.

—Qué poesía maneja el pueblo mexicano en su lenguaje —siguió mi tío—. ¿No le parece fantástico, Hormiguita, que en esa estación de no sé cuánto "canten los horizontes"? Es fabuloso, los horizontes cantando en el atardecer, ¿se imagina? Un coro polifónico de horizontes...

—No, don Pablo —dijo Gabriel—, lo que pasa es que hay un conjunto musical que se llama Los Horizontes, y ésos son los que están cantando en la estación de Irapuato.

El tío se quedó callado unos minutos y luego dijo:

—Qué humor tiene el pueblo mexicano —y se puso a reír. Mi tía Hormiga también. Rieron durante varios kilómetros.

A Oaxaca llegamos de noche y el hotel en que alojamos quedaba justo frente a la plaza. Yo tenía muchas ganas de escuchar a los tocadores de marimba y apenas entré a nuestra habitación abrí la ventana de un balconcito, pero parece que ese día ya habían tocado, porque no aparecieron por ninguna parte.

En la mañana, lo primero que hicimos, después del desayuno, fue ir al mercado, ya que mis tíos habían viajado hasta Oaxaca para comprar unas sirenas de cerámica verde que vendían ahí. Típicas, dijeron. Compraron cuatro sirenas de ésas (una para mis papás) y también platos, tazas y cosas para la mesa, de esa misma loza verde. Pero lo más raro que hizo mi tío esa mañana fue comprar una bolsita de langostas. No de las mismas langostas de mar que sirven en los restoranes elegantes, sino saltamontes, chapulines, de esos que cazamos en los patios y en el campo. Mi tía Hormiguita le dijo que era un asqueroso cuando lo vio echarles limón, un polvito picante y llevarse varios a la boca.

—No sabe lo que se pierde, Hormiguita —dijo el tío—. Son deliciosos.

Me ofreció la bolsa y yo estaba muy listo para decirle que no, gracias, pero pasó justo lo contrario y acepté. La verdad es que los bichos no me parecieron tan malos. Por lo menos estaban preparados y no vivos como esos jumiles que una vez vi a una niñita comer en la plaza de Cuautla, como chinches negros. Uno se le salió por la boca y le caminaba por la mejilla.

—¿Ay, Pablo, cómo puede comer eso? —dijo mi tía con un gesto de repugnancia.

—Hay que probarlo todo —respondió él—. Acuérdese de lo que nos contó

Diego, que había comido carne de persona, y que la parte más sabrosa es esta gordurita de la mano.

Diego era un hombre gordo, de ojos como sapo, que pintaba cuadros muy grandes y a veces iba a ver a los tíos cuando vivíamos en la Quinta Rosa María. Llegaba con una señora muy bonita sentada en silla de ruedas.

—Bueno, está bien; carne de persona sí, pero no insectos.

¿Carne de persona sí, había dicho? Yo no podía creerlo. Pienso que lo dijo de puro distraída.

—¡Insectos, no! Ranas, holoturia, venado, jabalí, cualquier cosa, ¡pero insectos no! —insistió mi tía.

—Bueno, bueno, bueno —dijo el tío riendo—, insectos no. Esta noche pediré champaña en el hotel y lo acompañaremos con un caviar que me mandaron de Dinamarca.

La tía dibujó una dulce sonrisa, como aprobando. Ella también tenía sus rarezas. Mi mamá me contó que había nacido en Argentina y que su familia era tan rica, pero tan rica, que una vez que viajaron en barco a Europa (cuando ella y sus hermanos eran chicos), le pagaron el pasaje a una vaca para tener leche fresca durante el viaje.

Por la noche, apenas oscureció, llegaron las marimbas. El tío Pablo decidió que mi tía y yo bajáramos a la plaza para escucharlas de cerca, mientras él preparaba las galletas con caviar y pedía que le subieran la botella de champaña que tenía enfriándose en la hielera.

La gente estaba agrupada frente a una especie de quiosco donde se habían instalado tres marimbas que tocaban esa canción de "la llorona" que a mi papá le gusta tanto, sobre todo en la parte que dice "yo soy como el chile verde, llorona: picante, pero sabroso". Mi tía me compró un algodón de esos que lo dejan a uno entero pegajoso y dijo que ella prefería reservarse para el caviar. Estuvimos escuchando como media hora y después regresamos al hotel. Debíamos acostarnos temprano ya que a la mañana siguiente iríamos a ver ese famoso Árbol del Tule.

El tío Pablo nos esperaba sonriente. Nos señaló una bandeja de galletas con caviar sobre la mesa y empezó a abrir de a poco la botella de champaña. ¡Pum!, sonó el corcho estrellándose contra el techo. La botella chorreaba espuma y el tío llenó dos copas. A mí me tenía un refresco. Sirvió el "caviar".

—¡Hmm, qué delicia! —dijo mi tía, mostrando mucho entusiasmo.

La miré con un poco de pena, porque yo sabía que lo que tenían las galletas no era caviar sino hormigas de una conserva que le habían mandado a mi tío quién sabe desde dónde. Pero como le prometí a él guardar el secreto, entonces no podía decir nada. Las hormigas no me parecieron tan malas. El tío Pablo me dio una mirada cómplice y guiñó un ojo, como para insistirme en que mantuviera cerrada la boca. ●

Un invisible golpe del azar

Muchas veces, los domingos por la tarde, mis papás junto con mi tío Pablo y la tía Delia se juntaban para tomar lo que llaman un aperitivo. Yo decía que también deseaba uno y entonces me servían un vaso de limonada o de agua de jamaica. Pero justo ese domingo en que yo aún tenía los ojos llorosos porque un auto había atropellado a mi perrito salchicha, el Poroto, me entró además un poco de miedo por las cosas que les oí decir. En lugar de hablar, como otras veces, de poetas chilenos y noticias de Chile, o bien de cómo iba la guerra para los aliados, les dio con el tema de ese viaje.

—Tenemos que ir, Enrique —le dijo el tío Pablo a mi papá—. Hay que conocer esa ciudad, y ahora por lo menos estamos bastante cerca.

—Pero en auto será muy largo —dijo la tía Delia como protestando.

—Sí, Hormiguita, pero también debe ser muy interesante atravesar el norte de México.

—¿Y el niño? —preguntó mi mamá. El niño soy yo, Policarpo, y lo malo es que no podía ir con ellos a Nueva York, porque no estaba de vacaciones, en cambio ellos sí. Y como en México no teníamos parientes, no había nadie con quien dejarme durante el mes que les iba a tomar el viaje.

Cuando escuché eso de ponerme interno, sentí que algo me subía del estómago a la garganta, pero también me dio un poco de no sé qué, como si la idea me gustara. A los internos de mi colegio los veía siempre juntos en los recreos, jugando y riéndose. Al parecer, no lo pasaban mal.

Pocos días después de ese domingo, me dejaron en el internado del colegio con una maleta de ropa y otra, más chica, donde llevaba los cuadernos, la regla, el compás y un estuche con lápices, goma y sacapuntas. Aunque parecía que el corazón me saltaba, se me ocurrió que

tal vez ahí, al no ver mi cama ni la cuna del Poroto, dejaría de llorar todas las noches por lo que le había pasado a mi perrito.

Como vivíamos en el Paseo de la Reforma, mi papá lo sacaba a pasear todas las mañanas al Bosque de Chapultepec y casi siempre regresaba al departamento cuando yo estaba terminando mi desayuno para partir ya a clases. Pero esa mañana se atrasó y yo tuve que irme antes de que llegara. Me senté en la acera frente al cine Chapultepec a esperar el auto que me llevaba todos los días al colegio, cuando vi venir a mi papá caminando como si estuviera muy cansado, y con los ojos llorosos. Venía sin el Poroto y en una mano sujetaba la correa verde.

La mañana de mi primer día en el internado fue igual que todas: clases y recreos, culebritas de goma para comer y mazapanes que vendían en un puesto instalado en el patio del colegio. Pero la tarde fue otra cosa. Cuando estábamos haciendo las tareas, antes de la merienda, se me acercaron unos niños más grandes y me dijeron que como yo era nuevo en el internado, tenían que "bautizarme", que con todos era lo mismo. Tuve que acompañarlos al baño de los dormitorios, donde esperaban otros niños. Ahí, entre varios, me obligaron a meterme bajo la ducha fría con la ropa puesta. Mamá, papá, por qué me dejaron aquí, por qué no me llevaron a Nueva York, decía llorando por dentro.

Pasé una semana en la enfermería, con esa bronquitis asmática que a veces me da. Cuando la señora que me cuidaba, una vieja gorda y muy risueña, dijo que ya estaba bien y que podía volver a clases, le pregunté si no creía conveniente que me quedara unos días más, pero se dio cuenta muy bien de mis intenciones.

Las tres semanas siguientes transcurrieron lentas, pero menos mal que por fin un día terminaron. Llegaron mis padres y mis tíos, todos muy felices de su viaje, y yo volví a dormir en mi camita, con los insectarios, los caracoles y otras cosas raras que siempre me andaba regalando el tío Pablo y que llenaban una buena parte de mi habitación.

Yo estaba muy contento, además, por los regalos que me trajeron de Nueva York. Una manopla de béisbol, un mecano para construir

puentes, torres, estaciones, ruedas de la fortuna y todo eso, y lo mejor: un arco grande con seis flechas de verdad, punta de metal adelante y plumitas azules atrás.

—Para que te defiendas de vaqueros y otros malandrines —me guiñó un ojo el tío Pablo. No entendí muy bien lo que quiso decir, pero le di un abrazo de agradecimiento.

Días después le pregunté a mi tía Delia por eso de los "otros malandrines". Me explicó que los vaqueros atacaban a los indios con rifles y que los indios se defendían con flechas.

—Pero a mí me gusta ser vaquero —protesté—. Y también tengo mi rifle.

—Los indios son los buenos, Policarpo —dijo como para terminar.

Así son mis tíos, bastante raros. Ya he contado que el tío Pablo se puede pasar horas escribiendo poemas con su pluma-fuente de tinta verde, y que la tía Hormiga es capaz de ponerse aros distintos en cada oreja.

Lo mejor de todo fue cuando, un domingo por la mañana, mis papás, mis tíos y yo nos fuimos de picnic al campo para estrenar mi arco y mi manopla. Además, pasamos a buscar al Pirra, un amigo mío del colegio, un poco más grande que yo, y que es hijo de refugiados españoles. Nos instalamos cerca de las Pirámides de Teotihuacán y mientras mi mamá y la tía Delia extendían los manteles en el suelo para preparar las cositas que íbamos a comer, mi papá y el tío Pablo se encargaban de vaciar una botella de vino. El Pirra y yo jugábamos béisbol. Primero yo

con la manopla y después él. El día estaba alegre como nosotros, con un cielo sin nubes, y los volcanes se veían blancos de nieve. Creo que nos sentíamos todos muy contentos.

—¡Maldición, olvidé los cubiertos! —gritó la tía Delia. Ella siempre olvidaba algo.

Después de comer huevos duros, sándwiches de chorizo y ensalada de pepino, todo con las manos, el tío Pablo propuso que estrenáramos mi arco de Nueva York y que yo mismo tirara la primera flecha. Éramos seis, uno para cada flecha, y cuando las hubimos tirado todas —la de mi papá fue la que llegó más alto—, el Pirra y yo partimos a recogerlas. El sol ya estaba picando fuerte.

Al cabo de un buen rato, habíamos encontrado cinco flechas. Nos faltaba una.

—Bushca tú por eshos matorralesh —me dijo el Pirra—. Yo iré hazia el arroyo—. Él hablaba con acento español, y a mí a veces se me pegaba.

Partimos cada uno para su lado y después de muchas vueltas, fui yo quien encontró la flecha perdida, y se me escapó un grito muy fuerte, porque la verdad es que no podía creer lo que estaba viendo.

—¡Pirra! —le grité a todo pulmón—. ¡Ven, Pirra! ¡Mamá, tío Pablo, vengan todos!

La flecha estaba clavada en el suelo atravesando por el medio a una culebra que parecía de caramelo, con franjas rojas y negras.

—¡Qué bárbaro, increíble! —dijo mi papá cuando llegaron al chisme.

—Parece una falsa coralillo —dijo muy tranquilo el tío Pablo, después de examinarla.

—Qué cosas dices, Pablo, ¿cómo que falsa? —exclamó mi tía muy enojada—. ¿Acaso no estás viendo que se trata de una culebra verdadera?

—Culebra verdadera, sí, pero falsa coralillo. La coralillo es víbora y ésta no.

—¡Ay, Pablito, las cosas que dices! —se metió mi mamá—. ¿Y cuál es la diferencia? Culebra, víbora, serpiente... Son lo mismo.

El tío Pablo las miró con esa sonrisa de cuando quiere burlarse.

—Ustedes no saben nada, niñas. La diferencia, por supuesto, es el veneno. Las víboras, que sí son venenosas, tienen la cabeza triangular, mientras que las culebras, que no lo son, la tienen ovalada.

Yo le creía todo, porque el tío Pablo sabía mucho sobre las cosas de la naturaleza y también las escribía en sus poemas. Miré la víbora —digo, la culebra— y me di cuenta de que él tenía razón. Entonces era igual que la coralillo, pero con la cabeza ovalada, es decir, inofensiva.

Pasada la sorpresa de todos, pensé que yo no estaba dispuesto a perder una flecha, había que sacarla, y a mí me daba como no sé qué. Por suerte el Pirra tomó la delantera y poniendo un pie sobre la culebra, tiró la flecha hasta que se desprendió.

—Tremendo —dijo el tío Pablo, moviendo de un lado a otro la cabeza—. Es el... azar.

¿El azar, el azar? ¿Y qué era el azar? El Pirra y yo no entendíamos muy bien qué era el azar. La tía Delia quiso explicarnos.

—Si vas caminando por una calle y te detienes para amarrarte el cordón de los zapatos, y un metro más adelante cae un macetero desde una ventana, es que el azar te favoreció. Si, por el contrario, no te detienes y la maceta cae justo sobre tu cabeza, es que el azar te jugó feo.

Mi tío y mi papá la miraron como diciéndole que su explicación era demasiado complicada, que ella no tenía remedio. Pero la verdad es que yo había entendido bien. El azar fue el maldito culpable de lo que le pasó a mi perrito.

Le di una última mirada a esa pobre culebra que era sólo otra víctima del azar. Las hormigas se estaban juntando alrededor del hoyo redondo que dejó el flechazo en su cuerpo.

—Las hormigas no pierden su tiempo —dijo el tío Pablo mirando con burla a mi tía Delia.

Y partimos de regreso. Por suerte a casa y no hacia el internado. ●

Quítale el hueso a un perro

uando nos cambiamos de la Quinta Rosa María al departamento en el Paseo de la Reforma, supe por experiencia propia lo que significa perder algo. Había perdido ese patio-bosque con rincones misteriosos, las excursiones al fondo de la alberca en busca de tarántulas y alacranes, las cacerías de lagartos y camaleones, y esos árboles gruesos, altos, llenos de ramas, que por las tardes, cuando regresaba del colegio, trepábamos con mi amigo Sebastián, el hijo de Irene, la cocinera.

Descubrí que vivir en departamento es otra cosa, algo que no podría explicar se acaba. Por suerte nuestra nueva calle tenía jardines al centro y muchos árboles, y hasta estatuas, y por suerte el Bosque de Chapultepec quedaba muy cerca. Ahí está el zoológico donde fueron a dejar al Niño, el tejón de mi tío Pablo, y hay también una laguna a la que a veces iba con mi papá muy temprano en la mañana. Arrendábamos un botecito y mientras mi papá remaba, yo, desde la parte de atrás, iba tirando migas de pan al agua, para que nos siguiera un desfile de cisnes.

Una vez también fue a remar mi tío Pablo. Él y la tía Delia arrendaron otro bote y nos echamos a navegar, conversando de bote a bote, aunque era difícil, porque a mi tío se le quedaba atrás el suyo. A pesar de que a mi tía le encantaron los cisnes, nunca quisieron volver, pues al tío le salieron ampollas en las manos por culpa de los remos.

En las tardes, después de terminar mis tareas, mientras mi papá escuchaba sus tangos en la radio, yo salía a jugar con René, Gustavo y otros niños del mismo edificio, o a caminar solo. A veces llegaba hasta la casa donde vivía el Pirra, mi amigo español, y jugaba con él y su hermana Mercedes.

A la hora que mis papás llamaban "del aperitivo", podían llegar el tío Pablo y la tía Delia. Otras veces eran mis papás los que iban al

departamento de ellos, el mismo donde me mordió el tejón, a la vuelta, en la calle Elba.

Una noche, entré al living y les dije a los cuatro que necesitaba trabajar porque quería comprarme una pluma-fuente marca Sheaffer y un reloj Omega. La tía Hormiga se echó a reír y me preguntó:

—¿Y se puede saber para qué quieres una pluma y un reloj?

—Sí —contesté yo—: la pluma-fuente para escribir y el reloj para ver la hora.

Entonces fue mi tío el que se echó a reír.

—Pero si este niño es excepcional —siguió ella—, ¿escucharon qué respuesta?

—Si quieres trabajar —entró mi papá—, el sábado puedes lustrar todos mis zapatos. Te lo pagaré, por supuesto.

—Claro —dije yo.

—"El trabajo es el sostén que a todos, de la abundancia hará gozar" —recitó el tío. Pero no entendí sus palabras. A lo mejor era uno de sus poemas.

Una tarde, cuando había pasado la lluvia, salí del edificio y doblé por Reforma hacia la derecha, en dirección al Bosque. Apenas una semana antes se había inaugurado, con una película de Walt Disney, el cine Chapultepec, justo frente a la Diana, una fuente redonda con la estatua de una cazadora desnuda como soltando la flecha de su arco. Miré las fotografías de la película que daban y me fijé en unos niños más o menos de mi edad que les vendían cajitas de chiclets Adams a las personas que iban entrando. Recordé ese anuncio que se escucha en la radio: "Papá, papacito, cómprame un chicle, pero que sea chiclet Adams". Esas palabras las decía un niño más chico que yo, pero tan desagradable que daban ganas de matarlo. Las cajitas eran amarillas, verdes y rosadas, según sus sabores. Entonces me vino la gran idea.

Al día siguiente, con lo que me había pagado mi papá por sacarle brillo a sus zapatos —y fueron como siete pares— más unos pesos que le pedí a mi mamá por hacerle algunos trabajos en la casa, compré como cuarenta cajitas de chiclets Adams en el quiosco del colegio. Por la tarde, después de las tareas y los tangos, acomodé los chicles en la caja de mis lápices de color, y partí muy decidido y contento al cine Chapultepec.

No me estaba yendo tan mal, porque llevaba vendidos más de diez, y me sentía contento cuando los otros dos niños del mismo negocio se me acercaron con cara de enojados.

—¿Y tú? —me dijo uno.

No supe qué decir. ¿Yo qué? Sentí un poco de miedo y pensé que me iban a pegar.

—¿Que tienes permiso? —dijo el otro—, ¿por qué no te largas, buey? ¡Aquí no hay lugar para tres!

—¿Y por qué yo? —se me ocurrió preguntar.

—Porque nosotros llegamos primero, pinche buey—. Me daban empujoncitos hacia la acera y una vez ahí me dieron un empujón más fuerte, una patada en el trasero, y me gritaron que si volvían a verme por el lugar, me iban a partir la madre. Así dijeron, "partir la madre".

Eché a caminar hacia mi edificio, ya al borde de soltar las lágrimas. ¿Por qué ellos podían y yo no?

Entré al departamento, dije hola desde lejos y me encerré en mi habitación. Cuando el corazón dejó de latirme a toda carrera, conté los chicles que quedaban y las monedas que recibí. Definitivamente no me había ido mal: tenía un poco más que el dinero que gasté, y me quedaba como la mitad de los chicles. ¿Pero qué iba a hacer ahora con ellos?

Unos días después, pensando siempre en esa pluma-fuente y en el reloj Omega, decidí intentar un nuevo negocio. Me puse un overol gris bastante viejo que me quedaba un poco corto, le saqué a mi mamá dos paños de cocina, y partí otra vez al cine Chapultepec, cruzando los dedos para que me fuera bien. Me gustaba mirar a la Diana Cazadora.

Los que llegaban al cine en sus autos se estacionaban en la calle lateral del Paseo de la Reforma, y lo que yo estaba dispuesto a hacer, ya se lo había visto hacer a otros niños.

Después de acomodar bien su auto en la cuadra, bajó un señor de pelo gris.

—¿Va al cine? —le pregunté, acercándome.

—Sí, niño.

—¿Quiere que le cuide su carro?

—Bueno, pero lo cuidas bien, eh... ¿O eres de los que cuidan mal?

No sólo se lo pensaba cuidar bien, sino que además le iba a sacudir todo el polvo que tenía con uno de los trapos. La propina tendría que ser buena.

Logré tres clientes esa tarde y me volví a casa con cuatro monedas de veinte y un tostón. Lo único malo es que como la función duraba dos horas y uno tenía que estar ahí cuando salieran, llegué a casa más tarde que de costumbre y bastante sucio, por lo que me tocó una buena regañada. La tía Hormiga, que estaba ahí sin mi tío Pablo, me defendió.

—Es un niño espléndido —le dijo a mi mamá—. No lo retes, hay que dejar que se desarrolle.

Esa noche —era viernes— dormí muy bien. Y el sábado, un poco antes de las siete de la tarde, volví a mi negocio.

No me había conseguido todavía ningún cliente, cuando un niño un poco más grande se me acercó.

—¡Lárgate! —me gritó—. ¡Aquí estás sobrando!

Otra vez, igual que cuando pasó lo de los chicles, se me entró el habla y no supe qué decir. Me quedé ahí como un idiota, sin moverme y sólo pensando en por qué razón él podía quedarse y yo tenía que largarme. ¿Acaso no había lugar para todos? Tuve frío en el cuerpo y me temblaron las rodillas.

—¿Ya me oíste, chavito? ¡Te largas, si no quieres que te saque a patadas!

—Pero es que... —empecé a protestar, cuando me llegó la trompada en la nariz. Caí al suelo y creo que me azoté la cabeza, porque vi estrellas; de veras, vi estrellas, y no eran las del cielo. Cuando me levanté, tenía la nariz hinchada y sangrante.

—¿Quieres más chocolate? —me preguntó el matón.

—No —le dije, y partí en dirección a casa sintiendo que en este mundo no había lugar para mí. Con la cola entre las piernas, igual que los perros. Antes de subir a mi departamento, en el tercer piso, me sequé bien las lágrimas y limpié la sangre que tenía en la cara y el cuello, porque no quería que mis papás ni mi tío Pablo, que seguro estaba con ellos, me hicieran preguntas.

Abrí la puerta con mucho cuidado para que no me oyeran. La cerré sin que se notara y me encaminé de puntillas a mi habitación. Justo en el momento de llegar y poner la mano en el picaporte, como si me cayera encima una cubeta de agua fría, escuché la voz de mi madre.

—¡Policarpo!

Me detuve.

—¿Sí, mamá?

—Ven a saludar.

Volví a pasarme las manos por los ojos y di media vuelta para dirigirme al living. Hola tío Pablo, hola tía Delia, todo eso. Pero parece que no logré engañar a nadie. Me preguntaron qué me había pasado. Primero yo decía "nada... nada... de veras, nada", pero acabé por rendirme cuando me di cuenta de que nunca podría pasarles gato por liebre, ya que mis papás y mis tíos me conocían demasiado bien.

—Es que tuve un problema —empecé a decir.

—¿Un problema? —preguntó mamá—. ¿Qué problema? ¿No sería una pelea?

—A ver, acércate —me llamó papá. Lo hice, y él examinó mi nariz adolorida y mis ojos ardientes.

—Parece que te sacaron "chocolate", Policarpo —dijo el tío Pablo, muy serio.

—Pobre niño, hay que curarlo, está muy a mal traer —se metió la tía Delia.

—Pero primero nos va a contar todo lo que pasó —dijo mi mamá—. Y cuando digo "todo", digo "todo".

De manera que no me quedó más remedio que contarles mi aventura completa, desde la tarde de los chiclets Adams hasta la trompada que me acababan de dar. Maldito cine Chapultepec, pensé, en las cosas que me metía. Y pensé también que nunca iba a volver, pero entonces me acordé de la Diana Cazadora y me imaginé que yo me trepaba por la estatua, le quitaba el arco y empezaba a dispararles flechas untadas con veneno a los niños que me habían tratado mal en la entrada del cine.

En el baño, mi mamá me lavó la cara con agua tibia y sentí muy rico, muy suave, aunque me dolía. Luego me esparció una pomada debajo de los ojos y alrededor de la nariz. Y por último, en la cocina, preparó una bolsita con hielo, para que se pasara la hinchazón. Volvimos al living. El tío Pablo se hallaba celebrando con gran entusiasmo ese mapa antiguo que había conseguido mi papá en la Lagunilla, muy barato. Estaba ahora en la pared, más arriba del respaldo del sofá.

—¡Viva el héroe de la jornada! —dijo en voz alta cuando me vio.

¿Héroe? ¿Yo? A mi tío le gustaba un poco burlarse de la gente.

—Cuando un perro tiene un hueso en el hocico —dijo, mirándome muy serio—, es muy difícil que se lo quiten. Lo defiende hasta el final.

Me pregunté qué querría decir. Muchas veces mi tío Pablo hablaba sin sentido, como dando vuelta las cosas.

—¿No has visto películas de gangsters? —me preguntó después.

Yo había visto varias y me gustaba mucho *Ángeles con caras sucias*, pero no podía entender a qué se debía su pregunta.

—Sí —le dije con entusiasmo—. Vi *Ángeles con caras sucias*—. Y empecé a contársela.

—No sigas —me paró en seco—, yo también la vi. Pero si te fijas bien, te darás cuenta de que los gángsters siempre defienden a balazos su territorio, su barrio, lo que en la guerra se llama "zona de influencia". Tal como lo hacen los perros cuando tienen un hueso.

—¿Por qué me dices todo eso, tío? —le reproché. Me estaba de veras enojando.

—Porque te has convertido en un invasor, Policarpo —contestó.

—¿Yo? ¿Un invasor?

—Los niños que venden chicles y el muchacho que cuida los automóviles, ya estaban ahí cuando tú llegaste.

—Pero yo no los andaba molestando.

—Claro que sí, y mucho. Si alguien te compra un chicle a ti, no se lo compra a uno de ellos, ¿comprendes? Eso se llama competencia. Si la cosa hubiera sido entre gángsters, te habrían matado. El que tiene algo, no lo suelta. Es preciso quitárselo. Tú querías quitarle el hueso al perro y el perro no se dejó.

Creo que en ese momento empecé a comprender.

—Además, niño —dijo la tía Hormiga, que casi siempre me decía "niño", no sé si recordando a su tejón—, tú vendías los chicles para comprarte una pluma-fuente y un reloj, ¿verdad? Pero esos otros niños lo hacen para llevar un poco de comida a sus casas.

Cuando se metía la tía Delia, las cosas quedaban siempre más claras.

Una tarde mi mamá me llevó a ver una película de Tarzán al cine Chapultepec. Mientras ella compraba las entradas, me fijé en uno de los niños que vendían chicles. Él me miró y no estoy muy seguro de que me haya reconocido. Pero me cayó encima una pregunta: ¿habría entrado él alguna vez al cine con su mamá a ver una película? Y entonces entendí todavía mejor. ●

Se terminó de imprimir en el mes
de diciembre de 2003,
en los Talleres de Imprenta Salesianos S.A.,
General Gana 1486, Santiago, Chile.